DATE DUE

Demco, Inc. 38-293

Shel Silverstein

Historia de

Lafcadio,

EL LEON QUE DEVOLVIO EL DISPARO

contada por
tío Shelby

EDITORIAL LUMEN

Título original:
Lafcadio, the Lion who Shot Back

Traducción: Víctor Pozanco

Publicado por Editorial Lumen, S.A.,
Ramon Miquel i Planas, 10 - 08034 Barcelona.
Reservados los derechos de edición
en lengua castellana para todo el mundo.

Primera edición: 1992

© Snake Eye Music, Inc., 1963

Impreso en Libergraf, S.A.,
Constitución, 19 - 08014 Barcelona.
ISBN: 84-264-3663-3
Depósito Legal: B-10924-1992
Printed in Spain

3 1472 70066 3838

Incluso tu viejo tío Shelby tuvo maestro.
Se llamaba Robert Cosbey.
Este libro está dedicado a él.

Lafcadio,

EL LEON QUE DEVOLVIO
EL DISPARO

Y ahora, niños, vuestro tío Shelby os va a contar
una historia de un león muy raro, el león más raro que he
conocido. Pero, ¿por dónde empiezo la historia del león? ¿Por el
rabo, y así comienzo y acabo? Creo que empezó la primera vez
que lo vi. O sea..., un viernes 17 de diciembre, en Chicago. Lo
recuerdo muy bien porque la nieve ya se fundía y el tráfico era
muy lento en la Avenida Dorchester. El león andaba por allí
buscando una peluquería y yo volvía a casa desde...

No. Me parece que tendría que empezar la historia desde
mucho antes. Me parece que debería hablaros del león cuando
era muy pequeño. Veamos.

1.

Erase una vez un leoncito que se llamaba... Bueno, la verdad es que no sé cómo se llamaba, porque vivía en la selva con muchos otros leones y, si tenía nombre, no era desde luego un nombre como Pepe o Ernesto, ni nada parecido. No. Era un nombre de león, algo así como Ggrruuugr, de nombre de pila, y Ggrrrruuuuggggggrrrr, por lo menos, de apellido.

Pues bien, se llamaba algo así y vivía en la selva con los demás leones y hacía lo que suelen hacer los leones; cosas como saltar y jugar en la hierba, nadar en el río, comer conejos, perseguir a otros leones y dormir al sol. Y era muy feliz.

Pero entonces un día —me parece que era jueves— después de que todos los leones hubieran almorzado requetebién y cuando dormían al sol, con ronquidos leoninos, y el cielo era azul y los pájaros piaban dando saltitos y la hierba se mecía con la brisa y todo era apacible y maravilloso, de pronto...

El ruido fue tan fuerte que todos los leones se despertaron a la vez de un brinco. Y echaron a correr: cling-clong, cling-clong, o katung-katung, katung-katung. ¿O son los caballos los que corren así? Bueno, el caso es que corrieron como quiera que corran los leones. Yo qué sé, quizás hacen patim-patam. Es igual, el caso es que todos echaron a correr...

Es decir... *casi* todos.

Uno de los leones no corrió, aquel cuya historia voy a contaros.

En lugar de echar a correr, se quedó allí al sol parpadeando y pestañeando, y estiró los brazos (estiraría las patas, claro). Se frotó los párpados para quitarse el sueño de los ojos y dijo:

—¡Eh! ¿Adónde váis todos con tanta prisa?

Y un viejo león que pasó corriendo por su lado le dijo:

—¡Corre, pequeño, corre, corre, que vienen los cazadores!

—¿Cazadores? ¿Cazadores? ¿Qué son cazadores?, dijo el joven león, que aún tenía las pestañas pegadas y seguía parpadeando, deslumbrado por el sol.

—Mira, —dijo el viejo
león—, será mejor que dejes
de hacer tantas preguntas y
eches a correr si aprecias tu
pellejo.

Así que el joven león se
levantó, se desperezó
y echó a correr con los
otros leones. Cling-clong. ¿O
katung-katung? Bueno, me
parece que esto ya lo hemos
comentado antes.

Después de correr un rato, se detuvo y miró hacia atrás.

«Cazadores», se dijo. «¿Qué será *cazadores*?»

Y fue repitiendo la palabra varias veces: «cazadores, cazadores». Y, ¿sabéis?, le *gustó* cómo sonaba la palabra *cazadores*. A otros les gusta cómo suenan las palabras oca o reoca, o gamba o wamba, pues a él le gustaba cómo sonaba *cazadores*.

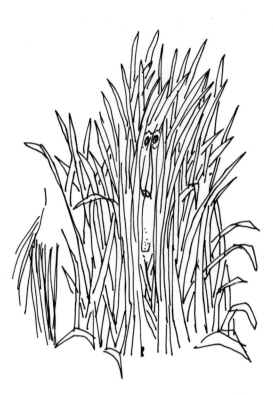

Así que dejó que los demás leones le adelantasen y él se detuvo y se ocultó tras un alto matorral, y en seguida vio llegar a los cazadores, todos caminando sobre las patas de atrás, todos con gorritas rojas y llevando unos palos rarísimos que hacían mucho ruido. Al joven león le gustó su aspecto.

Qué queréis que os diga, le gustó su aspecto. Y cuando un apuesto cazador de ojos verdes, a quien le faltaba un diente, pasó junto al matorral con su rarísima gorra roja (con un perifollo en lo alto que parecía una alcachofa), el joven león se puso a dos patas.

—Hola, cazador —dijo.

—¡Cielo santo! —exclamó el cazador—. ¡Un feroz león, un peligroso león, un rugiente león devorador de hombres y sediento de sangre!

—No soy un león devorador de hombres —dijo el joven lcón—. Yo como conejos y moras.

—Déjate de historias —dijo el cazador—. Te voy a pegar un tiro.

—Pero yo me rindo —dijo el león, levantando las zarpas.

—¡Qué tontería! —exclamó el cazador—. ¿Quién ha oído jamás que un león se rinda? Los leones no se rinden, los leones luchan hasta el fin. ¡Los leones se comen a los cazadores! Así pues, tengo que pegarte un tiro, convertirte en una hermosa alfombra, colocarte frente a mi chimenea y, en las frías noches de invierno, sentarme encima de ti mientras aso castañas.

—Pero, hombre, para eso no tienes que pegarme un tiro —dijo el león—. Seré tu alfombra, me colocaré frente a tu chimenea; no moveré ni un músculo y te podrás sentar encima de mí y asar todas las castañas que quieras. Me encantan.

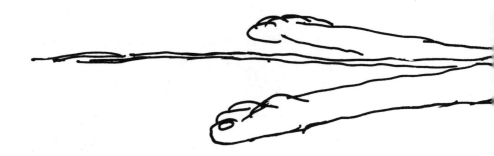

—Tú, ¿qué? —dijo el cazador.

—Bueno —dijo el joven león—, si he de ser absolutamente sincero contigo, no sé si *realmente* me encantan las castañas, porque nunca las he probado. Pero me gusta casi todo y me gusta el *sonido* de la palabra castaña y, si saben como suenan... ¡mmmmmmmmuuuummh!, seguro que me gustarán.

—¡Qué bobaba! —exclamó el cazador—. Nunca he oído hablar de un león que se rinda. Tampoco sé de ningún león que coma castañas. Te voy a pegar un tiro, y listo —concluyó, llevándose el rarísimo palo al hombro.

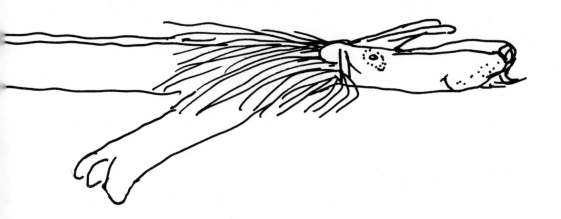

—Pero ¿*por qué?* —dijo el joven león.

—Pues, porque sí, y ya está.

Entonces el cazador apretó el gatillo, pero el arma se le encasquilló.

—¿Qué ha sido ese clic? —dijo el joven león—. ¿Ya me has pegado un tiro?

Así que, como podéis imaginar, el cazador se llevó tal chasco que se le puso la cara tan roja como la gorra.

—Me parece que se me olvidó cargar mi escopeta —dijo—. Tiene gracia, ja, ja, pero si me perdonas un momento pondré una bala y proseguiremos.

—No. Ni hablar. No voy a dejar que cargues tu escopeta. No dejaré que me pegues un tiro. No quiero ser tu alfombra y me parece que ya no me gusta tanto tu aspecto. Y me parece que te voy a comer.

—Pero, ¿*por qué?* —quiso saber el cazador.

—Pues, porque sí, y ya está —dijo el joven león.

Y se lo comió.

Y, cuando se hubo comido al cazador, se comió la gorra roja del cazador, que sabía a lana. Y después de haberse comido la gorra roja (¡Puaff! ¿No se os pone la lengua de esparto con sólo pensar en comer una gorra roja?), trató de comerse el rarísimo palo y las balas, pero, como no podía masticarlas, se dijo: «Creo que me quedaré la escopeta y las balas como recuerdo», y, sujetándola con los colmillos, fue a reunirse con los demás leones.

2.

Los demás leones estaban sentados en círculo, discutiendo quién había sido el más rápido en correr para escapar a los cazadores, quién era el más valiente y quién el más fiero. Todo mentiras, trolas y bolas que les encanta contar a los leones mientras balancean las colas. Y al acercárseles el joven león, llevando el rarísimo palo, todos dieron un brinco y exclamaron «¡toma!» y «¡anda!» y «¡hale!» y «¿de dónde has sacado el arma?».

—¿Arma? ¿Qué arma?
¿Qué es un arma?
—preguntó el joven león.

—Este es el palo con el que nos dispararon —dijo el viejo
león—. Así que llévatelo de aquí y tíralo. ¡Se me pone la piel
de gallina sólo con verlo!

(Qué bobada, ¿verdad? ¡Un león con la piel de gallina! ¡Una
bobada tan grande como una gallina con piel de león!)

Así que el joven león se alejó enfurruñado, sujetando la
escopeta con los colmillos.

«¿Cómo dispararán esto?», se preguntó.

Y entonces cogió una bala con los dientes, la acercó a la
escopeta empujándola con el hocico y la metió en el cañón con
la lengua.

Luego se metió el gatillo en la boca e intentó disparar con el colmillo izquierdo. Pero no pudo.

Metió el colmillo derecho por el gatillo y lo intentó otra vez. Pero tampoco pudo.

Entonces trató de sujetar la escopeta con las zarpas traseras y disparar con las delanteras, que era más difícil todavía, y hasta con los bigotes trató de disparar. Y ya se empezaba a cansar, cuando metió la cola en el gatillo y tan fuerte tiró que el arma hizo

¡BAROOOM!

y todos los leones dieron un brinco y huyeron a la carrera.

—¡Eh! —gritó el joven león—. Dejad de correr. He sido yo, que he disparado la escopeta.

Así que, al descubrir los demás leones que había sido el joven león quien había armado el follón, se enfadaron un montón.

—Déjate de tiros, pelambrera —le dijeron—, y a lo tuyo, que es la leonera.

Pero al joven león le encantaba disparar, ¿y sabéis qué empezó a hacer?

Pues, todas las tardes, mientras los demás leones hacían la siesta, se escabullía hacia la montaña y se entrenaba y entrenaba durante horas y horas, hasta que consiguió sujetar la escopeta con las zarpas.

Y siguió practicando y practicando durante días y días, hasta que aprendió a disparar, pero con tan mala puntería que no lograba dar en otro blanco que en el cielo.

Pero siguió con los
entrenamientos semanas y
semanas, hasta que al fin
acertó el blanco al disparar
contra la montaña.

Y al cabo de meses y meses
de práctica diaria, hasta que
salía la luna, atinó a darle a la
laguna.

Y al poco tiempo ya le
daba a la loma.

En seguida empezó a acertarles a los árboles y a descolgar cocos de los cocoteros de un disparo; y luego a las moras de los morales, y a las avispas que revoloteaban por los rosales, y luego a las alas de las avispas, y al polvo de las alas, y al brillo del polvo.

¿A que era un buen tirador?

El mejor del mundo nada menos. El mejor del mundo, y con mucho.

¿Y cómo se las apañaba el león para la munición? Pues, cada vez que se quedaba sin balas salía a comerse a otro cazador, se quedaba con sus balas y volvía a practicar.

3.

Entonces, un día, mientras estaba practicando, el joven león oyó disparos al otro lado de la selva, y no hace falta que os diga lo que pasó. Todos los leones echaron a correr otra vez.

—¿Adónde váis tan corriendo? —preguntó el joven león.

—Mira —dijo el viejo león—. No me vengas otra vez con lo mismo. Mejor será que dejes de hacer tantas preguntas y ¡CORRAS!

Así que el joven león echó a correr. Pero, cuando ya llevaba corriendo un buen rato, se detuvo y dijo: «Eh, ¿por qué he de correr *yo*?»

Y se sentó allí en medio de la selva y empezó a devolverles los disparos a los cazadores.

¿Y a que ya sabéis lo que pasó? Pues que no quedó ni un cazador.

Y, al cabo de un rato, los demás leones asomaron de sus escondrijos y aparecieron deslizándose con cautela, y, sin poder dar crédito a sus ojos, exclamaron: «¡Pero qué ha pasado aquí!» y «¡Qué es esto!» y «¡Yupi!», y cosas así, sorprendidos y contentos con lo que iban a almorzarse y se almorzaron.

Y después se estiraron y durmieron al sol,
con la cara sonriente y trocitos de lana roja en los bigotes.

¿Y el joven león? Pues, más contento que nadie porque tenía
municiones a montones, y todos los leones decían que era el
mejor león que habían visto (y habían visto muchos).

Así pues, todos los leones vivieron muy felices.

Dormían durante toda la tarde, jugaban al sol, hacían el muerto en el río. Lo pasaban en grande sin preocuparse por nada, porque, cada vez que los cazadores llegaban y les disparaban, el joven león les devolvía los disparos: Bang, bang, buum, bang, hasta que no quedaba ni uno. Y, cuando llegaron otros hombres a la selva a ver qué les había pasado a los cazadores: Bang, bang, buum, bang...

En un santiamén tampoco quedaron «ojeadores».

Y al llegar otros hombres a buscar a los ojeadores: Bang, bang, bang...

Al instante no quedaron ni los buscadores de los ojeadores.

Hasta que dejaron de aparecer hombres por la selva.

Y todo era paz y tranquilidad.

Y todos los leones estaban rollizos y eran felices.

Y todos tenían alfombras de cazadores.

4.

Pero entonces, una tarde lluviosa, mientras el joven león hacía prácticas de tiro de fantasía (tirando cabeza abajo, de lado y de espaldas; con el colmillo, con el dedo gordo y hasta con el bigote), un hombre regordete y calvo asomó por la selva, con un cursi sombrero de copa, un traje muy pulido, reloj de oro y zapatos de charol, con un mostacho caído que le sobresalía del labio y un barrigón que se le movía como un flan al reír, y llevaba un bastón con puño de oro, y en seguida se le notaba que no estaba acostumbrado a caminar por la selva, porque se daba con las ramas de los árboles, tropezaba con las raíces y se hundía en los charcos, exclamando cada dos por tres: «Ay de mí» y «¡Uh!» y «¡Qué calor hace!» y «¡Malditos mosquitos!» y «¡Uy!», y otras cosas por el estilo.

Bueno, pues los leones no le oyeron llegar hasta el último momento. Aunque los leones tienen muy buen oído y oyen desde muy lejos.

Si llevan las orejas limpias, claro, porque en caso contrario no oyen mucho mejor que vosotros y, a decir verdad, no creo que los leones se laven las orejas muy a menudo, porque las toallas son muy difíciles de conseguir en la selva y el jabón cuesta más de un ecu y casi ningún león tiene un ecu y, aunque lo tuviesen, no podrían comprar una pastilla de jabón. Porque, ¿quién iba a venderle una pastilla de jabón a un león?

Si un león llamase a vuestra puerta con una moneda en la zarpa y dijese «¿puedes venderme una pastilla de jabón?», ¿se la venderíais?

Así que ya imagináis por qué los leones no lo oyeron muy bien. Pero lo vieron venir. Y os diré una cosa: los leones tienen muy buena vista y ven muy bien a oscuras; y como era, además, media tarde y los leones ven cuanto hay que ver a media tarde... ¿a qué nunca habéis visto a un león con gafas?

...al ver los leones que se acercaba el hombrecillo, ni se molestaron en correr, sino que llamaron al joven león:

«¡Eh, que ha llegado la cena!»

Y siguieron remoloneando echados. El joven león bostezó y cogió la escopeta.

«Me parece que a éste le voy a disparar cabeza abajo, con tres zarpas a la espalda y guiñándole el ojo», dijo mientras le apuntaba.

—Espera un momento. ¡No dispares! —gritó el hombre.

—¿Y por qué no? —dijo el joven león.

—Porque no soy un cazador —dijo el hombre—. Soy dueño de un circo y quiero que vengas y trabajes en él.

—*Circus infernorum* —dijo el joven león—. No quiero estar en una jaula de tu viejo circo.

—No tendrás que estar en una jaula —gritó el dueño del circo—. Puedes trabajar en mi espectáculo de tiro al blanco.

—¡Qué tiro al blanco, blanco! —dijo el joven león—. Ya soy un gran campeón. ¡Soy el mejor tirador de la selva! —añadió, volviendo a apuntarle con la escopeta.

—Pero puedes ganar mucho dinero y ser el mejor tirador del mundo y ser famoso y comer de todo y llevar camisas de seda y zapatos amarillos y beber batidos de diez ecus y asistir a fiestas maravillosas, y todos te darán palmaditas en la espalda o te rascarán detrás de las orejas o donde les guste que les rasquen a los leones.

—Orejas, puros, zapatos amarillos —dijo el joven león—, ¿para qué quiero yo todo eso?

—Todo el mundo lo quiere —dijo el dueño del circo—. Ven conmigo y serás rico, famoso, feliz y el león más grande de la historia.

—Bueno —dijo el joven león—, si voy contigo, ¿me darás castañas?

—¿Castañas? —dijo el dueño del circo, agitando su bastón de puño de oro y haciendo girar su reloj de oro con cadena—. ¿Castañas? Miles de castañas te daremos, jovencito. Castañas para desayunar, castañas para almorzar y castañas para cenar. Y, ¿sabes lo que te daremos entre horas?

—¿Castañas? —preguntó el joven león.

—¡Castañas! —exclamó el dueño del circo—. Haré que te hagan una casa de castañas y te daré un colchón relleno de castañas para que piques por la noche y te haré un traje castaño con sombrero castaño y te ducharás con zumo de castaña y serás el león con más castañas del mundo. ¿Quieres que te cante la canción de la castaña?

Castañas castañas
asadas o pilongas
frías o calientes
al león de los dientes...

—Mejor será que no sigas con el estribillo —dijo el joven león escupiendo por el colmillo.

—Pues no es una canción tan mala —dijo el dueño del circo—, teniendo en cuenta que me la acabo de inventar. Pero, bueno, coge la escopeta, haz la maleta y vamos a la gran ciudad.

—No tengo maleta —dijo el joven león—. Ni bolsa.

—Lástima que no seas un canguro —dijo el dueño del circo—, ja, ja, ja, te lo llevarías todo puesto.

—Eso es un chiste malo incluso en la selva —dijo el joven león.

—Hmmm —refunfuñó el dueño del circo—. Está bien, coge el cepillo de dientes y andando.

—No tengo cepillo de dientes —dijo el joven león.

—¿Que no tienes cepillo de dientes? —exclamó el dueño del circo—. ¿Y cómo te los lavas?

—No me lavo los dientes —dijo el joven león.

—¿Que no te lavas los dientes? —dijo el dueño del circo—. ¿Y qué te dice tu dentista?

—No tengo dentista —dijo el joven león.

—¿Que no tienes dentista? —dijo el dueño del circo—. Bueno, entonces...

—Mira —dijo el joven león—, si quieres que vayamos, vayámonos. Todo menos seguir escuchando tus bobadas.

Así pues, el dueño del circo se montó en el león y se alejaron de la selva.

—Lo de las castañas va en serio, ¿verdad? —preguntó el joven león.

—Puedes estar bien seguro —dijo el dueño del circo.

Y allá fueron.

5.

Después de un largo viaje
que duró muchos días y
muchas noches, llegaron a la
ciudad, que no se parecía en
nada a la selva. Había
muchísima gente y unas cosas
muy largas y parecidas a los
hipopótamos que se movían
muy deprisa con gente dentro.

—¿Qué es eso? —dijo el joven león.

—Son coches —dijo el dueño del circo.

—¿Y podré tener coche? —preguntó el joven león.

—¿Que si podrás tener coche? —dijo el dueño del circo—.
Nada menos que un coche de oro puro con ruedas de plata,
parachoques de diamantes y tapicería castaña y...

—¡Castañas! —exclamó el joven león—. ¿Qué son esas cosas
tan altas que tienen ventanas?

—Son edificios —dijo el dueño del circo—. Edificios para
oficinas, edificios para apartamentos, edificios para tiendas,
edificios para colegios y edificios para pistas de patinaje.

—¿Y podré tener un edificio? —preguntó el joven león.

—¿Que si podrás tener un edificio? Nada menos que el más
alto, el más ancho y castaño edificio que nunca...

El dueño del circo se interrumpió y gritó «taxi, taxi»,
agitando su bastón de puño de oro y silbando con el silbato
para llamar taxis que colgaba de la cadena de oro de su reloj.
Un taxi muy grande se detuvo.

—Llévenos al Gggggrrrand Hotel —dijo el dueño del circo.

—Un momento —dijo el taxista—. ¿Va ese león con usted?

—Claro que va conmigo —dijo el dueño del circo.

—Pues no voy a dejar que viaje con un equipaje de ese pelaje —dijo el taxista, que era maño y amigo de las jotas, pero que de leones no sabía ni jota—. No, señor, no paseo leones.

GGGGGRRRAND... dijo el león.

—Suban, señores, suban —dijo el taxista sonriendo de oreja a oreja.

Y allá fueron.

6.

Entonces, al llegar al hotel, se apearon del taxi y fueron a pedir habitación.

—Denos una hermosa habitación con una hermosa bañera —le dijo el dueño del circo al recepcionista.

—Con un hermoso lecho de castañas —dijo el joven león.

—Oiga —dijo el recepcionista—. Mejor será que alquilen habitación en otro sitio. Este es un hotel de lujo, ¡y no quiero leones por los salones!

GGGGGRRRAND... —dijo el león.

—No se hable más. Ya pueden subir a su habitación —dijo el recepcionista.

Subieron en el ascensor y, como el joven león no había subido nunca en un ascensor porque en la selva no tienen ascensores, le encantó subir en ascensor y, cuando el ascensor se detuvo y el ascensorista dijo «todos fuera, piso catorce», el león dijo: «¡Bajemos y subamos otra vez! ¡Quiero que bajemos y subamos otra vez!»

—Pero es que éste es su piso —dijo el ascensorista—. Tiene que bajar aquí.

GRAUGRRR

dijo el león.

Y el pobre ascensorista tuvo que bajar y volver a subir, arriba y abajo, arriba y abajo, hasta que al final se mareó como un pato y dijo: «Por favor, por favor, ¿podemos parar? *Odio* los ascensores». Y el joven león dijo

GRAUGRRR

y el ascensorista dijo: «Bueno, bajaremos y subiremos unas cuantas veces más... Me *encantan* los ascensores.»

Al final, cuando todo el mundo estaba ya muy, *muy* cansado, el león y el dueño del circo salieron del ascensor y fueron a su habitación.

—¿Qué lado de la cama prefieres? —dijo el dueño del circo al entrar.

—Me da igual —dijo el joven león—. Nunca he dormido en una cama. Dormiré entre los matorrales si no te importa.

—¡Aquí no hay matorrales! —dijo el dueño del circo—.

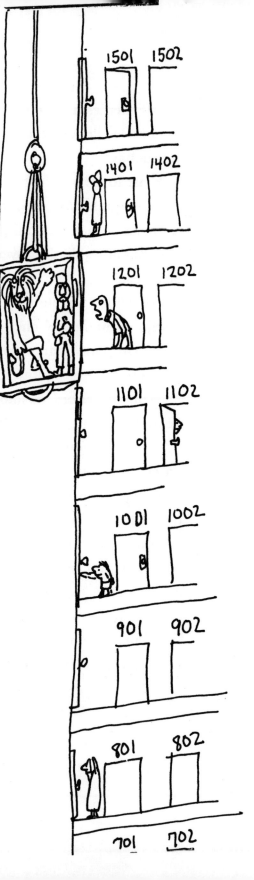

Y además, esta hermosa cama es más blanda que tus matorrales llenos de espinos que pinchan. ¿Por qué no te echas y pruebas?

Y así lo hizo el león.

—¿A que estás cómodo? —dijo el dueño del circo—. ¿A que es mejor y más blanda que tus matorrales?

—Bueno —dijo el joven león—. ¡La verdad es que esto es otra cosa!

—Y ahora métete en la bañera y date un buen baño caliente —dijo el dueño del circo—. Hueles como un animal.

—¿Me podré bañar con zumo de castañas como me prometiste? —preguntó el joven león.

—Bueno, ahora mismo, no —dijo el dueño del circo—. Lo dejaremos para más adelante.

—Pues entonces —dijo el león—, me parece que me bañaré en el río como siempre.

—¿Río? —exclamó el dueño del circo—. ¡Por las habitaciones de los hoteles no pasan ríos! ¿Por qué no te metes ya en esa hermosa bañera llena de agua caliente?

—¿Pero no se tiene que quitar uno la ropa antes de meterse en esa cosa? —preguntó el joven león.

—Claro —dijo el dueño del circo.

—Pues entonces —dijo el joven león—, como yo no tengo ropa que quitarme, tampoco puedo bañarme.

—Bobadas, ¡métete en la bañera ahora mismo!

Así que el león metió el dedo gordo en la bañera y encogió la pata.

—Uy, es la bañera *más caliente* en la que he estado —dijo.

—Es la *única* bañera en que has estado —dijo el dueño del circo—. ¿No es esto mucho mejor que bañarse en sucios ríos?

Y el león se metió en la bañera hasta el cuello.

—Bueno, esto tiene otro sabor. Glu, glu...

—¡No bebas de esta agua! —gritó el dueño del circo—. ¡Es para lavarse y no para beber!

—Lo siento —dijo el joven león—. Pero ahora ya quiero las castañas.

—Todo a su debido tiempo —dijo el dueño del circo—. Primero tienes que quedar bien pulido, como todo un señor tirador de primera. Sal de la bañera y sécate.

Así pues, el joven león suspiró y saltó fuera de la bañera, y se secó con una toalla blanca muy grande y suave, y se secó las zarpas, y se secó la melena, y hasta la punta de la cola que, como sabéis, a los leones les cuesta mucho secarse.

7.

—Ahora —dijo el dueño del circo—, hueles cien veces mejor.
Ve corriendo a la peluquería mientras yo echo una cabezada. Y
procúrate algo de vestir. No podemos ir por ahí contigo en
cueros vivos. Desnudo, quiero decir.

—Bueno, de acuerdo —dijo el león—. Pero la verdad es que
nunca se me ocurrió pensar que fuese desnudo.

El joven león tardó bastante en llegar a la calle, porque tuvo al ascensorista bajando y subiendo, bajando y subiendo, cuarenta y seis veces. Cuando al fin salió del hotel, empezó a buscar una peluquería. No la encontraba, porque no sabía qué *aspecto* tenían las peluquerías. Y, a decir verdad, ni siquiera sabía lo que era una peluquería. Así no hacía más que dar vueltas buscando la peluquería, mientras todo el mundo lo miraba y exclamaba «¡anda!» y «¡toma!» y «¡MARIMIRALEON!», que quiere decir: «¡Mari, mira el león!»

Y entonces fue cuando vuestro tío Shelby cruzaba la calle, para comprarse un perrito caliente, con tomate y cebolla, y el joven león se me acercó.

—Perdone, ¿podría indicarme usted una peluquería? —me dijo.

Ya podéis imaginar mi sorpresa al oír que un león me hacía una pregunta como ésa. Pero le dije que estaría encantado en acompañarle a una excelente peluquería.

—Muchísimas gracias —dijo él—. Es usted la persona más amable que he conocido en este país y es usted también muy bien parecido y tiene aspecto de ser muy inteligente y gentil. Tanto —añadió el joven león—, que me gustaría que fuese Presidente del Gobierno.

—No —dije yo—, no tengo tiempo para ser Presidente del Gobierno, porque estoy muy ocupado escribiendo historias para niños. Pero sí es cierto que soy bien parecido e inteligente y muy amable. Lo reconozco.

Y entonces conduje al joven león a la peluquería, pero el peluquero había salido a almorzar y nos quedamos allí sentados aguardando y charlando un rato, y recuerdo que al león le hicieron la manicura y que dijo que le gustaba mucho, aunque la señorita que le hizo la manicura dijo que no había visto unas uñas tan sucias en su vida.

¡Cómo os habríais reído si lo llegáis a ver sentado allí en el sillón del peluquero, con la larga melena colgándole y las zarpas que le sobresalían del peinador, mientras le hacían la manicura! ¡Cómo me habría gustado que lo vieseis! Y eso que yo sí que os vi a vosotros, que pasabais por delante de la peluquería con vuestra madre justo en aquel momento, y os llamé a través de la ventana dando golpecitos, pero me parece que no me oísteis porque estabais mirando un coche de los bomberos y ni siquiera os disteis la vuelta.

—¿Quiere lustrarse los zapatos? —preguntó el limpiabotas.

—La verdad es que me gustaría, pero no llevo zapatos —dijo el león.

—¿Y si le lustro las zarpas? —preguntó el limpiabotas.

—Sí —dijo el joven león—, me parece que me gustaría mucho que les sacase brillo a mis zarpas.

Así que al joven león le dejaron las zarpas bien brillantes y se sintió muy satisfecho y me preguntó si no me parecía que le habían quedado preciosas y relucientes y yo le dije que sí. Pero, si queréis que os diga la verdad, no me pareció ver sus zarpas muy diferentes a antes de que les pasasen el cepillo, pero no quise herir sus sentimientos.

Y al fin regresó el peluquero de su almuerzo.

—¡Ay, madre mía! —dijo el peluquero—. Ha debido de sentarme mal la comida. No debí mezclar el helado de chocolate con las albóndigas, porque ahora tengo una indigestión y veo visiones. ¡Hasta me parece ver un león en el sillón de mi peluquería, con las zarpas lustradas y las garras acicaladas!

—No —dije yo—, no ves visiones. Este es mi amigo el león, que quiere cortarse el pelo, y me parece que también quiere arreglarse el bigote.

—Sí —dijo el león—. Quiero un buen corte de pelo. ¡Eso sobre todo!

—Pues aquí no —dijo el peluquero—. Yo no corto melenas de leones.

GGGGGRRRAND... —dijo el león.

—Quería decir que sí, señor —dijo el peluquero, con una sonrisa de oreja a oreja.

¡Y le cortaron el pelo!

Después el peluquero le dio masaje, y eso le gustó mucho al joven león (porque se parece mucho a que te rasquen detrás de las orejas), y le dio una fricción con un agua que olía maravillosamente, y esto fue lo que más le gustó. ¡Y hasta se bebió media botella antes de que me diese tiempo a decirle que eso *no* se podía hacer!

—Vamos, tío Shelby, he quedado como nuevo —dijo entonces el león, mientras bajaba sonriente del sillón.

—¡Un momento! —dijo el peluquero—. Usted aún no me ha pagado y esto cuesta...

GRAUGRRR

dijo el león.

—Nada, nada, no me debe usted nada —dijo el peluquero, sonriente—. Hoy es el día que corto el pelo gratis, y espero que haya quedado contento.

8.

Bueno, pues debían de ser las cinco cuando vuestro tío
Shelby salió de la peluquería con el león, y noté que el león me
miraba con cara de hambre.

—¿Te apetece cenar un poquito conmigo? —le dije.

Y el león dijo que bueno.

Así que me lo llevé a un pequeño y bonito restaurante del
Paseo.

—Le gustará la comida —dijo el camarero al sentarnos—. Es todo delicioso.

—Pues, no sé —dijo el león—, no me parece a mí tan bueno lo que veo, pero, si usted lo dice...

—Quieto, quieto —gritó el camarero—, ¡que se está comiendo la carta!

—Ay, perdone —dijo el león—, pero como ha dicho que aquí era todo *delicioso*...

—Mi querido león —dijo el camarero—, me refería sólo a la comida. Nuestras cartas no son muy sabrosas y, permítame que le diga, comerse una carta no es de muy buen gusto.

—Puede que no —dijo el león—, pero sería de peor gusto comerse al camarero.

—Me parece que tiene razón —dijo el camarero, sonriendo de oreja a oreja—. Y ahora, señores, ¿qué tal unas costillitas de cordero con patatas asadas y judías tiernas y luego pastel de chocolate con...?

—¡Castañas! —dijo el joven león.

—¿Castañas? —dijo el camarero—. No servimos castañas aquí. Es un restaurante de lujo.

GRAUGRRR

dijo el león.

—Como usted diga... —dijo el camarero, y salió corriendo hacia la cocina.

Y al cabo de unos instantes volvió con un hermoso pastelito de castañas, tan calentito que echaba llamaradas y, para no quemarse, lo trajo ensartado en un largo pinchito.

—¡Ah! —dijo el león—. ¡Castañas, por fin! ¡Y un pastel nada menos que de castañas!

Ya podéis imaginar lo nervioso y entusiasmado que estaba.

—Hmmmuh, qué bien huele —dijo cogiéndolo.

Y entonces se lo puso en la lengua.

—Hmmmuh, qué sabrosito —dijo.

Y entonces lo mordió con el colmillo.

—Hmmmuh, qué tierno.

Y lo masticó.

—Oh —dijo entonces, cerrando los ojos y sonriendo.

Y se lo tragó.

—Es delicioso —dijo—. Es mejor que comer siempre conejo... ¡Más castañas! ¡Quiero más pastelillos de castaña! ¡Quiero más, más!

—Sí, señor —dijo el camarero, que salió corriendo y regresó con una bandeja llena de castañas.

—Delicioso —dijo el león—. Más castañas.

Y el camarero le trajo una tortilla de castañas.

—Maravillosa —dijo el león.

Y le trajo un plato de castañas con tomate.

—De rechupete —dijo el león.

Y entonces le trajo castañas al horno con bechamel, y un revuelto de castañas, y castañas cocidas con mahonesa, y sopicastaña (que es sopa de castaña), castañofado, que es un estofado, y castañuflé, que es un *soufflé*. Eso sin contar con el castañimás (que son castañas con todo lo demás).

¿Y sabéis qué tomó el león de postre?

...¡Pues no, señor!

Se comió la servilleta.

¡Je, je, cómo os pillé!

Después el joven león se recostó en el respaldo de la silla y se dio unas palmaditas en la barriga.

—Me ha sentado de maravilla —dijo, sonriendo y limpiándose la boca con la cola—. Y ahora necesito un traje, un traje de tirador de primera. Dime, tío Shelby, ¿conoces a un buen sastre?

—¿Un buen sastre? Pero chico... —dije yo—, tu viejo tío Shelby es el hombre mejor vestido de esta ciudad y puede que del mundo. Te llevaré a mi sastre particular y te hará el traje más bonito que haya llevado león alguno.

Y entonces el joven león y vuesto tío Shelby fueron de bracete a la sastrería de la Calle Desastres. Y entraron, y estaban allí el sastre y el aprendiz de sastre y el ayudante del aprendiz de sastre.

—Hola, sastres —dijo el joven león—. Háganme un bonito traje.

—¿Un traje para un león? —dijo el sastre—. ¡De ninguna manera!

—¡En modo alguno! —dijo el aprendiz de sastre.

—¡Ni hablar del peluquín! —dijo el ayudante del aprendiz de sastre.

GRAUGRRR

dijo el león.

—No faltaba más —dijo el sastre.
—Oh, por supuesto —dijo el aprendiz.
—Oh, por *mi* puesto —dijo el ayudante del aprendiz.

—¿Qué tal un bonito traje marrón de lana de estambre?
—dijo el sastre.

—¿Qué tal un precioso traje azul marino de gabardina?
—dijo el aprendiz.

—¿Y qué tal un traje colorado y amarillo con chaleco y lunares escarlata? —dijo el ayudante del aprendiz.

Y el león se probó varios trajes.

—No me gustan —dijo el león.

—¿Y qué tal un traje castaño claro —dijo el león—, hecho de castañas?

—¡Esto pasa de castaño oscuro!

GGGGRRRAND... dijo el león.

—Como usted diga —dijo el sastre.

—Lo que usted quiera, no faltaría más —dijo el aprendiz.

Y el ayudante del aprendiz no dijo nada, porque ya había salido corriendo hacia la tienda para comprar todas las castañas que tuvieran.

Al cabo de un rato regresó con un cargamento de castañas, y los tres sastres empezaron a romperse la cabeza, a ver cómo se las arreglaban para hacer un traje con castañas.

Primero intentaron coserlas
con hilo y aguja,
pero no se podía.

Luego intentaron coserlas a máquina, pero la máquina de coser quedó encastañada.

Hasta que el ayudante del aprendiz del sastre tuvo una idea, y pegaron las castañas con mermelada de mora e hicieron el traje. Entonces se lo mostraron al león.

—¿Qué le parece? —preguntaron.

—¡Delicioso! —dijo el león.

Y se puso el traje. Teníais que haberlo visto: un cabezón de león asomando de un traje de castañas.

—Maravilloso —dijo el león, mirándose al espejo—. Ahora sí que parezco todo un señor león. ¡Lástima que esté un poco abollado! Podrían plancharme un poco el traje.

—Pero no se pueden planchar las castañas —dijo el sastre—, porque las castañas se...

GRAUGRRR

dijo el león.

Y el aprendiz trajo una plancha y empezaron a plancharle las castañas al león. ¿Y sabéis lo que pasó? ¡Claro que lo sabéis! Las castañas se derritieron encima del león, hasta dejarlo de la cabeza a la cola hecho una plasta pasta basta y rebasta ¡basta!, que se le metía por los ojos y no podía ver, y se le colaba por los oídos y no podía oír, aunque..., si se le metía por la boca, le gustaba mucho. Y vuestro tío Shelby tuvo que sacar al pobre león de la sastrería y llevárselo otra vez al hotel para bañarlo lo antes posible.

¡Lo contentos que se pusieron el sastre, el aprendiz y el ayudante del aprendiz al verlos marchar! Y me parece que todavía deben de estar un poquito enfadados conmigo por haberles llevado un cliente a hacerse un traje de castañas.

9.

Al llegar al hotel, y después de subir y bajar en el ascensor veintiséis veces, fuimos a ver al dueño del circo, que hizo que el joven león se bañase otra vez, para quitarse todas las castañas, y me preguntó si quería yo quedarme a tomar un batido de nata.

—Sí, encantado —dije yo.

Y entonces el león, el dueño del circo y yo estuvimos allí charlando hasta muy tarde, bebiendo batidos de nata, contando chistes y cantando la canción de la castaña, que no parece una canción tan mala después de haberse bebido varios batidos de nata.

—Bueno, creo que deberíamos ir todos a dormir —dijo el dueño del circo—, porque mañana va a empezar lo bueno para Lafcadio el Grande, la estrella del Circo Mandamás.

—¿Y quién es el Mandamás? —preguntó el joven león.

—Soy yo —dijo el dueño del circo.

—¿Y quién es Lafcadio el Grande? —preguntó el león.

—Eres *tú* —dijo el dueño del circo.

—Pero yo me llamo Ggrrruuugr o algo así —dijo el joven león.

—No seas bobo —dijo el dueño del circo—, no puedes decir Grrruuugr el Grande ni Algoasí el Grande. De ahora en adelante te llamas Lafcadio, Lafcadio el Grande, y mañana por la mañana va a empezar lo bueno.

El Mandamás no bromeaba. Y, por la mañana, organizó un gran desfile en honor de Lafcadio el Grande, desde el hotel hasta la carpa del circo, y la orquesta sonaba y el sol brillaba, mientras Lafcadio el Grande pasaba a bordo de un reluciente descapotable. Y *Tachín-tachín*. Y la gente gritaba «¡viva!» y «¡hurra!» y «¡anda!» y «¡toma!» y «¡dale!». «¿Quién será ese que por ahí sale? ¡Lafcadio! ¡Lafcadio! ¡Lafcadio el Grande! ¡Yupi!»

Y le tiraban confeti a Lafcadio, que estaba tan contento que le sonreía a todo el mundo y abría la boca y se tragaba algún confeti y todos le aclamaban y él movía la cola y se atusaba los bigotes y tocaba la bocina del coche ¡meg! ¡meg! y la banda iba tocando *Tachín-tachín* y *Pararápapá pararápachín* y la multitud gritaba «¡viva!, ¡hurra!», y Lafcadio el Grande se sintió el león más feliz del mundo.

A vuestro tío Shelby lo invitaron al desfile, claro está, pero mi despertador no sonó y, cuando me levanté y desayuné (dos huevos pasados por agua con salchichas, tostadas y mermelada), el desfile ya se había terminado y miles de personas aguardaban bajo la carpa del circo a que apareciese Lafcadio el Grande.

Y la banda tocaba *Tachín-tachín* y los tambores *porropopón*.

Entonces el presentador, que llevaba unos largos bigotes, anunció:

Señoras y señores,
les presentamos
al único león que tira al blanco,
¡Lafcadio el Grande!

Y todos gritaron «¡viva!, ¡hurra!» y Lafcadio el Grande salió
con un traje blanco que el Mandamás le compró y con un
sombrero amarillo de vaquero y botas amarillas y un revólver
nuevo de plata con culata de nácar y una cartuchera adornada
con diamantes llena de balas de oro fino. Y Lafcadio saludó y
empezó acertándole a seis botellas que habían puesto encima de
una mesa, *bang, bang, bang, bang, bang, bang.*

Después hizo estallar cien globos que soltaron, *bang, bang,*

bang, bang, bang, bang, bang, bang
(los noventa y dos bang que faltan podéis
ponerlos vosotros). Y entonces dijo a los asistentes
que se pusieran todos una castaña en la cabeza, y
luego se la quitó a todos de un disparo, incluyendo a los
niños y a algunos monos.

Después les dijo a los asistentes que sostuvieran el as de
espadas en la mano y acertó a las cartas en el

centro (a 12.322, aunque disparó 12.323, porque falló una vez) y la gente seguía gritando «¡viva!, ¡hurra!».

Después hizo lo mismo disparando por debajo de las piernas, de espaldas y cabeza abajo; y acertaba de costado y haciendo el pino y revolcándose por el suelo, sin fallar ni una vez. Y entonces la gente empezó a gritar: «¡Ra, ra, ra, Lafcadio el Grande y nadie más! ¡Lafcadio es el mejor tirador del mundo!»

Y lo era.

Y así empezó Lafcadio a trabajar en el circo.

Y a partir de aquel día vi muy poco a Lafcadio el Grande. Porque todo el mundo sabe que no paraba de viajar con el circo de una ciudad a otra, de Nueva York a Barcelona y a Madrid, de Bolonia a Francfurt y a París, con un gran espectáculo de tiro para millones de niños y niñas, mujeres y hombres.

Tan famoso se hizo Lafcadio que lo conocía todo el mundo.

Y fue a Londres para hacer bang, bang desde el Big Ben.

Y tiró en París desde la Torre Eiffel.

Y en Barcelona, desde el Tibidabo, le dio a un conejo en el rabo.

Y en Madrid, desde la Puerta de Alcalá, le dio a una rata en la pata.

Y en Santiago, en México y en Buenos Aires perforó monedas que le tiraban por los aires.

Y se hizo millonario, y de vez en cuando recibía carta suya en la que me contaba que acababa de merendar con un príncipe, o acababa de hacer un crucero de Baleares a Canarias, o había conocido a una actriz famosa, y cosas así.

Y a veces recibía tarjetas postales desde Berlín o desde el desierto del Sahara, desde la Giralda o la Mezquita o la Alhambra, y me decía: «Lo estoy pasando estupendamente», o «¡Cómo me gustaría que estuvieses tú aquí!» o, simplemente, «Saludos».

Como es natural, Lafcadio aprendió muchas cosas que nunca había tenido ocasión de aprender. Aprendió a firmar autógrafos, porque era tan famoso que todo el mundo quería su autógrafo y sus admiradores estaban muy contentos porque hacía seis autógrafos a la vez: dos con las zarpas, dos con las patas de atrás, uno con la cola y otro con los colmillos.

Pero al poco tiempo ya sólo firmaba un autógrafo cada vez, y con la zarpa derecha, porque así se parecía más a un hombre y menos a un león, pues Lafcadio se estaba convirtiendo en todo un hombrecito. Se ponía en pie apoyado en las patas de atrás, y aprendió a sentarse a la hora de comer con la mano izquierda en el regazo y sin apoyar los codos en la mesa.

Y dejó de comerse las cartas de los restaurantes.

Y aprendió a llevar trajes oscuros y camisas blancas con cuello de botón y trajes marrones con camisas de seda.

Y aprendió a llevar cuello duro y cuellos sin almidón.

Y siempre llevaba la cola recogida y sólo la dejaba colgando si se le olvidaba o si se había tomado demasiados batidos.

Y a menudo lo veía bailando
en las discotecas con las chicas
más bonitas.

—Hola, Lafcadio —le decía
yo.

—Hola, tío Shelby —me
contestaba—. Ven a mi mesa y
tómate un batido de nata.

Y yo me lo tomaba, y él me hablaba de los viejos tiempos, de cuando Lafcadio no sabía lo que era un peluquero.

Y, con el paso del tiempo, Lafcadio el Grande se hacía cada vez más famoso y su foto aparecía en todos los periódicos.

Y Lafcadio el Grande cada vez se parecía más a un hombre.

Y empezó a jugar al golf.

Y empezó a jugar al tenis.

Y nadaba por encima y por debajo del agua.

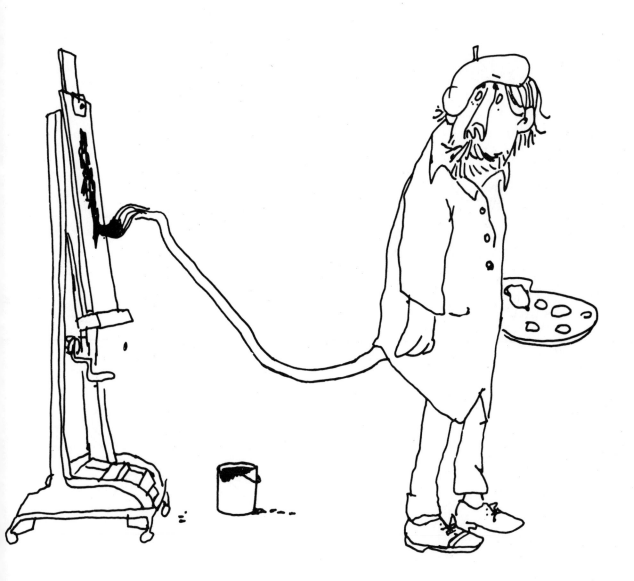

Y empezó a pintar, aunque a decir verdad no daba pie con bola porque pintaba con la cola.

Y hacía gimnasia para
mantenerse en forma.

Y patinaba sobre hielo
sin caer al suelo.

Y casi casi aprendió a montar en bicicleta.

Y pasaba las vacaciones tumbado en las playas de Menorca.

Y aprendió a cantar y a tocar la guitarra.

Y hasta a jugar a los bolos.

Y rara vez decía «GRRRUUUUGR», salvo en ocasiones muy especiales, y todos le invitaban a sus fiestas.

Y se convirtió en un león sociable.

Y escribió su autobiografía. Y todo el mundo la leía.

Y se convirtió en un león culto.

Y se hacía la ropa a medida... ¡como lo oís!

Y se convirtió en un león elegante.

Y creo que era tan feliz, rico y famoso como el que más.

10.

Y entonces, un día, cuando vuestro tío Shelby acababa de
cenar e iba ya a arrellanarse en su mecedora, con la pipa y las
zapatillas, un tazón de chocolate caliente y un ejemplar de
Mundo Animal, sonó el teléfono.

—Hola, tío Shelby, soy Lafcadio el Grande. ¿Puedes venir a
casa en seguida? Necesito tu consejo, porque eres el hombre
más sabio del mundo.

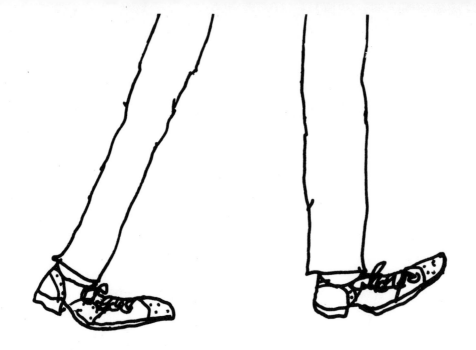

—Claro que iré —dije yo—. Nunca he dejado a un amigo en la estacada.

Y me vestí a toda prisa y salí en plena noche, a veinte grados bajo cero, y recuerdo que no encontraba taxi y tuve que caminar veinte kilómetros por la nieve y tardé mucho porque la capa de nieve era muy espesa y había olvidado mis chanclos. Y, al llegar al castillo de Lafcadio, el mayordomo me condujo vestíbulo adelante, un vestíbulo hecho de plata, y luego cruzamos el comedor, que era de platino, y llegamos a su estudio, que estaba hecho de oro.

Allí estaba Lafcadio el Grande. ¿Y sabéis lo que hacía?

Estaba llorando.

—¿Por qué lloras, amigo mío? —le pregunté—. Tienes dinero y eres famoso. Tienes siete coches y todo el mundo te quiere y eres el mejor tirador del mundo. ¿Por qué lloras si lo tienes todo?

—No es todo tenerlo todo —dijo Lafcadio el Grande, soltando unos lagrimones que rebotaban en su lujosa alfombra.

»Estoy harto de mi dinero y de mi ropa elegante.

»Estoy harto de comer tan finolis.

»Estoy harto de ir a fiestas y de bailar rock y de beber batidos.

»Y estoy harto de fumar apestosos puros de diez ecus y de jugar al tenis, y estoy cansado de firmar autógrafos y cansado *¡de todo!* Quiero hacer algo *nuevo.*»

—¿Algo nuevo? —dije yo.

—Sí, ¡algo *nuevo*! —dijo él—. ¡Pero no hay nada *nuevo* que hacer!

Y se echó a llorar otra vez.

Entonces, como no puedo soportar ver a nadie llorando, le dije:

—¿Has probado a bajar y subir en ascensor varias veces?

—Esta mañana he subido y bajado en el ascensor 1.423 veces. ¡ESO ESTA YA MUY VISTO!

Y se echó a llorar otra vez.

—¿Has probado a comer más castañas? —le pregunté entonces.

—Ya he comido 23.241.562 castañas —dijo el león—. ¡Y también estoy harto de castañas! ¡Quiero algo NUEVO!

Y agachó la cabeza y estuvo llorando a todo llorar.

Y entonces se abrió la puerta de par en par y entró el Mandamás del circo agitando su bastón.

—Hola, Gran Lafcadio —gritó—. Deja de llorar y empieza a sonreír, porque es verdad que no es oro todo lo que reluce y se me acaba de ocurrir algo maravilloso, ¡y algo totalmente NUEVO!

—¿Y qué es? —dijo Lafcadio el Grande, sollozando y levantando la cara, tan bañada de lágrimas que le goteaban por el hocico.

—¡Iremos DE CAZA! —dijo el dueño del circo—. Haremos un safari por Africa. ¡Así que prepara las armas y la maleta y vámonos!

—¡Maravilloso! —dijo Lafcadio el Grande—. Nunca he ido de caza. Vamos, tío Shelby, haz la maleta y ven tú también. ¡Lo pasaremos de maravilla!

—Pues, me encantaría ir —dije yo—, pero como no tengo a nadie que riegue mi *bonsai* me tendré que quedar. Pero escríbeme y cuéntame cómo te lo pasas.

Así que Lafcadio el Grande hizo las maletas y cogió sus revólveres y sus escopetas, y se fue con el Mandamás y otros cazadores a Africa, para cazar un poco.

11.

Y, al llegar a Africa, se pusieron sus gorras rojas, cogieron las escopetas, se internaron en la selva y empezaron todos a dispararles a los leones. Y, de pronto, un león que era ya muy anciano miró a Lafcadio (tres o cuatro veces, lo miró por lo menos) y dijo:

—Eh, aguarda un momento, ¿no nos conocemos?

—Me parece que no —dijo
Lafcadio.

—¿Qué es eso de disparar
contra nosotros? —preguntó el
viejísimo león.

—Pues porque tú eres un
león y yo soy un cazador —dijo
Lafcadio—. ¡Mira tú por qué!

—Tú no eres un cazador
—dijo el viejo león, mirándolo
más de cerca—. Eres un *león*.
Se te ve la cola por detrás.
¡Vaya que si eres un león!

—Ay de mí —dijo Lafcadio—, ay de mí. Claro que soy un león. Lo había olvidado casi por completo.

—¿Qué pasa ahí, Lafcadio? —dijeron los cazadores—. ¡Deja de hablar con los leones y dispárales!

—No les hagas caso —dijo el viejo león—. Eres un león como nosotros. Ayúdanos y, cuando hayamos acabado con estos cazadores, volveremos a la selva y dormiremos al sol y nadaremos en el río y jugaremos por los matorrales y nos comeremos unos hermosos conejos crudos y lo pasaremos de maravilla.

—¡*Conejos crudos!* —dijo Lafcadio—. ¡Aagg, puaaff!

—No le hagas caso —dijeron los cazadores—. Eres un hombre como nosotros. Ayúdanos y, cuando hayamos acabado con estos leones, zarparemos de nuevo rumbo a Europa e iremos a muchas fiestas maravillosas y jugaremos al tenis y al golf y beberemos batidos de nata y lo pasaremos de maravilla.

—¡*Batidos de nata!* —dijo Lafcadio—. ¡Aaagg, puaff!

—Mira —dijo el hombre—, si eres un hombre, mejor será que nos ayudes a cazar a estos leones, y si eres un león te vamos a disparar.

—Mira —dijo el viejísimo león—, si eres un león, mejor será que nos ayudes a comernos a estos cazadores, y si eres un hombre te vamos a comer. Así que, decídete, ggggrrrugr.

—Decídete, Lafcadio —dijo
el hombre.

—Decídete —dijeron todos a
la vez.

Y el pobre Lafcadio el
Grande no sabía qué hacer,
porque ya no era un verdadero
león y tampoco era de verdad
un hombre.

Pobre, pobre Lafcadio. ¿Qué puede uno hacer si no quiere ser cazador... y tampoco quiere ser un león?

—Mirad —dijo Lafcadio—, no quiero matar a ningún león, y tampoco quiero comeros a vosotros, cazadores. No quiero quedarme en la selva a comer conejos crudos y tampoco quiero volver a la ciudad y beber batidos. No quiero pasarme el día dando vueltas persiguiéndome la cola, pero tampoco quiero jugar al bridge. Me parece que no pertenezco al mundo de los cazadores y me parece que tampoco pertenezco al mundo de los leones. No sé dónde estoy.

Y tras decir esto meneó la cabeza, bajó la escopeta, cogió su sombrero, dejó escapar unos sollozos y se alejó hacia la colina, lejos de los cazadores y de los leones.

Y fue caminando caminando, y al poco oyó a lo lejos el ruido de los disparos de los cazadores, que cazaban a los leones, y también el ruido de los leones, que se comían a los cazadores.

Y no sabía hacia dónde iba, pero sabía que iría a alguna parte, porque siempre tiene uno que ir a alguna parte, ¿verdad?

Y no tenía ni idea de lo que iba a ser de él, pero sabía que algo sería, porque siempre es uno algo, ¿verdad?

Y empezaba a ponerse el sol tras la colina y refrescaba un poco en la selva y empezó a llover y Lafcadio el Grande tuvo que bajar solo por el valle.

No supe más de Lafcadio.

Pensé que por lo menos me pondría unas líneas para decirme cómo estaba, o que me enviaría un detallito para mi cumpleaños (que es el 25 de septiembre, por si acaso a alguno de vosotros le interesa saberlo).

Pero no me ha dicho ni una palabra.

Ni he sabido una palabra de él.

Claro que, si recibo noticias suyas, seguro que os lo diré. Y, ¿quién sabe? A lo mejor os lo encontráis vosotros antes que yo.

Puede que yendo de camino al colegio, o al cine, o en el parque, o en el ascensor, o en la peluquería, o paseando por la calle.

Y hasta puede que os lo encontréis en la tienda, comprando cinco o seis docenas de sacos de castañas.

¡Porque le encantan las castañas!